醉琴齋詩選

李祥霆　著

中國人民大學出版社
·北京·

李祥霆先生在書房

李祥霆　滿族，祖籍遼寧岫岩，精于琴、簫、詩、書、畫及即興演奏、即興吟唱。一九四〇年四月出生于吉林省遼源市。一九五七年起師從查阜西學古琴，師從溥雪齋、潘素學國畫。一九五八年考入中央音樂學院，師從吴景略學古琴。一九六三年畢業留校任教，一九八九年三月到英國劍橋大學做古琴即興演奏研究，一九九〇年起在倫敦大學亞非學院音樂研究中心任客座研究員，教授古琴和洞簫。一九九四年十月回到中央音樂學院繼續任教。現爲中央音樂學院教授、中國民族管弦樂學會古琴專業委員會中國琴會榮譽會長、國際古琴學會榮譽會長、中國民族書畫研究院研究員、中國國際文化交流中心理事。

一九八八年參加中國美術家協會北京分會年展。一九八九年在倫敦大學中國美術館舉行個人畫展。二〇〇三年十一月在福州畫院舉行個人書畫展。二〇〇六年在國家博物館、首都博物館參加中國書畫名家慈善捐贈書畫大型義拍展。一九九一年在新西蘭惠靈頓維多利亞大學做《國畫與古琴音樂的點綫之美》演講。李祥霆先生傳略載《中國藝術家辭典》、《中國當代藝術界名人録》、英國劍橋《二十一世紀世界名人録》等。一九九九年被英國劍橋國際傳記中心選爲《二十世紀杰出人物》。一九九〇年所演奏的古琴專集《落霞流水》在臺北獲「金鼎獎」。一九九四年十一月獲國家民族事務委員會、中國美術家協會、中國書法家協會所頒「民族優秀書畫藝術工作者」獎。一九九九年還以山水畫《高山流水入夢頻》獲「世界華人藝術大獎」之「國際榮譽金獎」。二〇〇七年獲「國務院特殊津貼」之「有突出貢獻專家」。同年被文化部公布認定爲「國家級非物質文化遺産古琴藝術代表性傳承人」。二〇〇九年六月被文化部評爲「文化部非物質文化遺産保護工作先進個人」。

一九六三年以來教授職業及非職業古琴學生五百多人，分佈在中外許多地方。除在國内演出，還曾多次到英國、法國、德國、美國、日本、荷蘭、芬蘭、奥地利、意大利、新加坡、新西蘭等國及中國香港、中國臺灣地區演出，其中有四十多場獨奏音樂會（包括一九八六年在「巴黎秋季藝術節」、二〇〇三年在英國「愛丁堡國際音樂節」的獨奏音樂會），并在劍橋、牛津、加州大學伯克利分校等一些大學做學術演講。一九八二年在英國「達拉姆東方音樂節」舉行的獨奏會是古琴史上第一次獨奏會。一九九二年在巴黎拉維拉劇院千人座位的獨奏會獲得滿座并受到熱烈歡迎，是空前的古琴獨奏音樂會。二〇〇四年起，用何作如先生所藏的公元七五六年制唐代古琴「九霄環佩」多次舉行個人獨奏音樂會及參加重大演出，例如二〇〇七年在温家寶總理和安倍晋三首相共同出席的「中日文化體育交流年」開幕專場演出中用此琴獨奏了《流水》，二〇〇八年在胡錦濤主席出席的「上海合作組織六國元首高峰會」開幕式演出上，用此琴演奏了《流水》，引起很大反響。中央人民廣播電臺，英國、法國國家電臺多次廣播其古琴專題音樂節目，中央電視臺「東方之子」、「人物」、「走進幕后」、「音樂人生」、「大家」、「人物新周刊」等極有影響的欄目都録制其專題播出。曾爲《知音》、《諸葛亮》、《秦頌》等多部影片、電視劇配古琴獨奏。在國内外出版有：《李祥霆古琴藝術》（法國音樂臺出版），《幽居》（香港「龍音」唱片公司出版）、《李祥霆》（香港「雨果」唱片公司出版）、SLEEPING LOTUS（《睡蓮》，美國*Real Music* 唱片公司出版），以及與美國音樂家即興重奏：TAO OF HEALING（《治療之道》）、TAO OF PEACE《和平之道》（美國 *Soundings of the Planet* 唱片公司出版）等唱片、録音帶、録像帶十多種，編寫録制藝術教育片《琴》、電視劇《鳳求凰》、電視專題《琴曲與琴歌》、《中國名曲欣賞》等，並曾在中央電視臺播出。爲《中國大百科全書》撰寫《琴》條目。發表論文主要有：《略談古琴音樂藝術》、《吴景略先生古琴演奏藝術》、《查阜西先生古琴演奏藝術》、《古琴即興演奏藝術研究大綱》、《彈琴録要》、《古琴藝術特質辯》等，打譜《幽蘭》、《古怨》，作新舊體詩《自嘲》等及古琴曲《三峽船歌》、《風雪築路》。著有《唐代古琴演奏美學及音樂思想研究》（在臺北出版）、《古琴實用教程》（上海音樂出版社出版）。

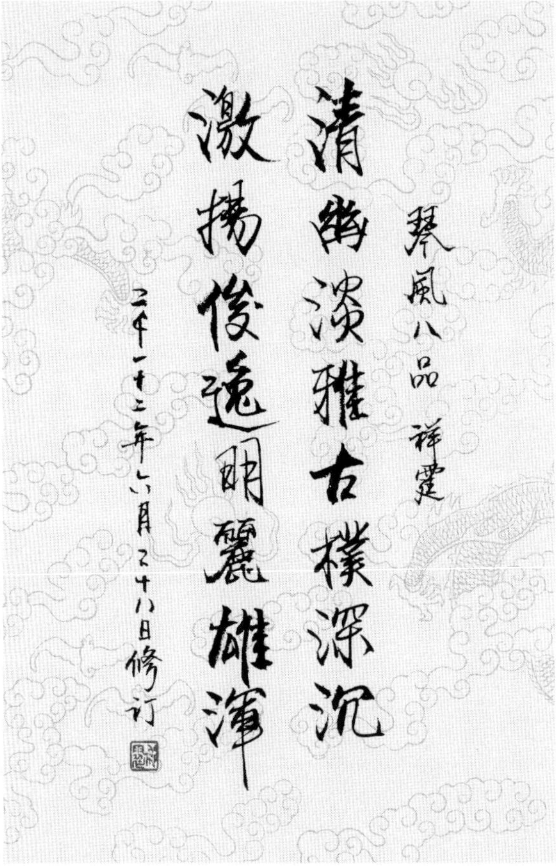
琴風八品 祥霆
清幽淡雅古樸深沉
激揚俊逸明麗雄渾
二千一十二年六月二十八日修訂

目録

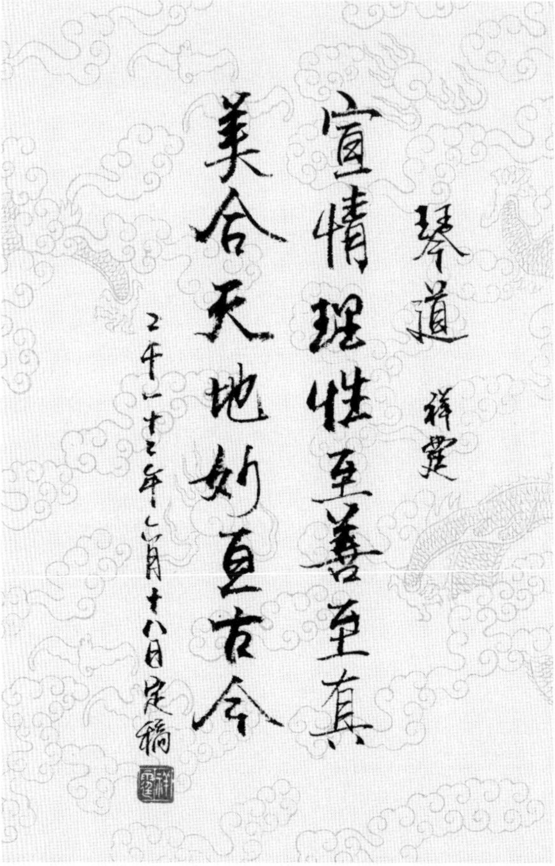
琴道
祥觉
宣情理性至善至真
美合天地妙亘古今
二千一十二年七月十八日定稿

醉琴齋詩選

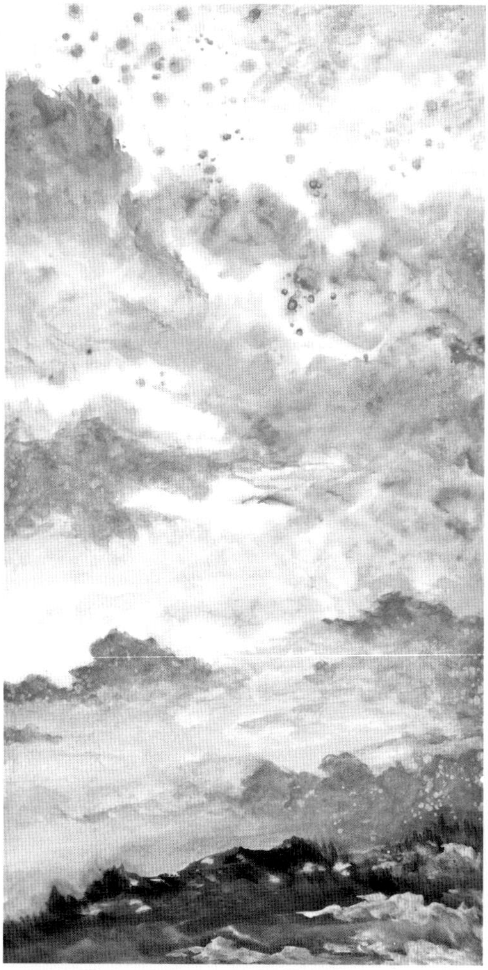

五雲之想

【頤和園即興】

一九五七年七月三十一日

曲徑長廊古樹中，君王舊殿染新紅。龍旗鳳輦今何在，獨倚雕欄對晚風。

一九五六年冬得拜查阜西先生爲師。奉召，一九五七年七月末赴京學琴。尊查師示游頤和園，吟成七絶一首。前二句獲查阜西師一再誇奬。后二句初爲：「昔時民脂民膏處，今日工農樂晚風。」后雖自甚不滿意，然多年無果。一九九六年再三誦讀，忽有所感而改爲今句，已近四十年矣。二〇一〇年十一月二日題記。

【中秋寄長兄祥國】

一九五九年中秋夜

長兄北國稱魚美，小弟中原贊蟹肥。又是一年月最好，松間菊上滿清輝。

一九五八年入中央音樂學院，兄祥國入長春中醫學院，常有書信往還。中秋夜吟成以寄之，於今已五十一年矣。

【柳絮】

一九六一年五月三日

拂袖牽衣攔我路，嬌癡憎憎告春歸。與君都莫多情甚，宇宙無涯恣意飛。

往玉淵潭公園畫水彩寫生，見柳絮飄飛如雪，感而吟成。

【早春口占】

一九六二年三月二十五日

風吹餘冷寒猶暖，柳染鵝黃有若無。畢竟東君不負我，終傳消息到瓊湖。

北京古琴研究會星期日例行琴集后過北海公園，有感而成。

【春雨】

一九六四年四月

細雨尋詩到碧湖，水天堤柳兩模糊。池邊洗净行人跡，留得凝眸幾釣徒。

一九六四年中國音樂學院（由中央音樂學院分出而建）時期，居前海西街十七號院内教師宿舍。什刹海亦稱前海，尚屬市内自然公園，景物清簡，游人甚少，尋常過往難有詩興，偶得一絶，竟頗自賞，不亦樂乎！

【營區無樹往山嶺子途中見渠邊柳緑】

一九七一年四月十二日

南風早降窺門户，潤雨初來暗撒抛。數問春光渾不語，忽然嫩緑染林梢。

一九七〇年，在中國音樂學院（由中央音樂學院分出而建），因文藝團體、藝術院校下放勞動鍛煉令，全院師生赴天津軍糧城炮兵農場種水稻。所住營房距團部山嶺子十余里，難得一往。

【訪日雜憶】

一九七一年四月四日至八日記一九六三年九至十月事

其一　離京赴廣州

躍起三千丈，穿雲傍日行。
憑窗指北嶽，俯首看羊城。
村鎮羅棋局，江河解素繩。
長空何寂寂，袖手問蒼穹。

一九六三年九月至十月中，隨中國藝術團訪日演出，四十五天無一詩句，而在文化大革命下放間，竟於記憶深切之處，引發詩思，頗不可解也。上世紀八十年代拜謁張伯駒老，獲賜將腹聯原句「村鎮爲棋局，江河作纜繩」改爲此句。

其二　見東京車禍牌有感

東京繁盛費宣揚，車水馬龍奔欲狂。底事人間接地獄，生靈無日不傷亡。

一九六三年，世稱全世界東京小汽車最多，果在東京街頭數見車禍牌，所報其前一天傷者，多時可近百，幾未見有不亡之日，令人驚嘆。而今日天下已不知有多少東京之象矣。

其三　游日光温泉

友人多盛意，邀我賞河山。暮過東昭寺，夜投鬼怒川。
高樓懸峭壁，玉宇瀉温泉。一洗風塵祛，清茶助漫談。

東京之近有温泉旅游區，鬼怒川甚佳，東昭宫爲甚有名氣之古寺。

其四　廣州北從化流溪河畔

騰雲臨粤海，穗北正葱蘢。碧透流溪水，凉生滴翠亭。
晚霞染草色，暮靄傳簫聲。唤起潾潾浪，飄來點點星。
江山入畫稿，歲歲憶羊城。

一九六三年訪日歸來經廣州，居從化温泉。有數日休息，得細品幽静盛境。第四句前二字原爲「清幽」，上世紀八十年代拜謁北大教授林庚先生，賜改爲「凉生」。

【軍糧城農場穀雨聽蛙】

一九七一年四月二十一日夜深

田園春驟暖，倚枕聽蛙鳴。率性如潮湧，傾心作鼓聲。
隨風摇岸柳，借水動群星。莫謂池波淺，高歌萬類驚。

【兄祥國兩番携酒食來飲囑爲詩紀之戲成七律一首】

一九七二年九月

湖光亂印樓臺影，秋色新添楊柳堤。前日微酌傾琥珀，
今朝豪飲啖雛鷄。停杯漫論悲鴻馬，殘醉閑説黄胄驢。
莫笑書生涎口惡，烹來下酒總相宜。

【兄祥國參加赴藏醫療隊歸來夜話】

一九七四年十月八日

酯酒接風夜話長，天涯足跡漫評章。行看雲嶺歸營地，卧對星河入夢鄉。野竈輕烟染曙色，山泉冽水泛魚香。鋼槍信手無虛彈，鐵騎隨心駐大荒。席上雪鷄催早試，藏家生肉勸先嘗。雄豪最是伊明氏，寶刃鑄成含異光。

兄祥國參加衛生部赴西藏醫療隊二年，駐阿里，臨師泉河，常有奇遇趣聞。巡醫騎馬，背半自動步槍，路遠則著皮衣帽露天而眠。射鳥捕魚，善烹而得享美味，歸途又於新疆購得伊明尼沙維吾爾族名家所制匕首，皆助談資。

【游岳麓山】

一九七五年四月八日

岳麓春蔭濃似酒，山泉點點作琴鳴。石階一路隨峰轉，忽見煇煌愛晚亭。

【過蔡鍔墓】

一九七五年四月八日

討袁聲勢動風雲，終是滄波一粟身。未逾百年成古跡，游人不曉蔡將軍。

過岳麓山，得憑吊蔡鍔墓，而聽游人自語：「蔡鍔何人？」爲之慨嘆。

【讀《李自成》呈姚雪垠先生】

一九七五年四月十日

當日英雄百戰死，欲窮成敗費思量。先生力解時人問，濃墨如潑寫闖王。

【偶成】

一九七五年七月二十九日大雨

濃雨如狂捲不休，試開畫卷作神遊。奈何盛夏原多雨，又見蕭蕭風滿樓。

【悼恩師查阜西先生】

一九七六年八月

弦弛徽暗琴家逝，地動雲飛捲痛傷。高壽還應加兩紀，宏篇尚待續三章。冊中彩照成慈夢，囊裏枯桐凝寶光。「風雪」「三峽」學勇進，恩師知遇永難忘。

恩師逝世，所主編之巨著《琴曲集成》只得出一冊，故曰待續。查師賜明益王琴《益古》，貯之囊中存念。而余自作《三峽船歌》、《風雪築路》兩曲皆有新意，俱恩師多年教誨所至也。

【查克承兄將歸閩贈別】

一九七六年十月二日

仲秋欲過武夷山，千里南行何日還。畢竟都城如故土，

梁祝吟

憑君來去是歸帆。

查克承先生，查師之子，在福州供職，長時間爲查老終前盡孝，諸事安頓後復歸福州，因此北京、福建皆爲故鄉也。

【贈周文泉大夫】

一九七六年十月十五日

蜀客遷京作比鄰，幾番小聚動梁塵。天南海北馳高論，紫案銀燈奏玉琴。説史豪情染筆墨，談詩逸氣滿胸襟。華佗若有風騷興，亦請同來試一吟。

【入蜀車中即興】

一九七七年三月十一日

旅蜀初成趣，飛車入畫圖。炊煙蒸屋瓦，澗水灌園蔬。桃蕊香前圃，菜花薫遠廬。飄飄春雨嫩，潤透舊醅壺。

清晨火車穿行於四川山間，有農家瓦舍，炊煙自屋頂散出，蒸騰若雲霧，甚感新奇。

【游草堂寺】

一九七七年三月十四日

主人盛意濃如酒，春染成都盡興遊。閑步芳茵水檻外，

漫談清夢浣溪頭。梅花滿地倚高樹，竹影遮筵坐小丘。

歸去和風送落日，偶將晚照映溪流。

草堂寺即成都杜甫草堂。

【呈蜀都琴壇】

一九七七年三月十五日

蜀都容我拜琴壇，少長咸集展笑顏。大曲短歌足細論，

古桐新製供詳看。梅花密處心頭暖，流水急時指下寒。

不戀深山對鶴影，已催春色到人間。清風入座香襟袖，

逸興飛揚共忘還。

新製指新琴，古桐即古代之琴。

【重慶紀事】

一九七七年三月二十三日

春風送我入山城，夢繞神馳萬里行。山頂驅車群嶺小，崖邊漫步一波平。燈光錯落陳星海，屋脊連綿聳險峰。衆友豪情頻勸酒，傳杯幾欲到天明。

【枇杷山觀燈火】

一九七七年三月二十七日

遍地晶瑩放異彩，何人亂撒夜明珠。枇杷山徑枕星斗，揚子江流隱畫圖。軟霧懸紗遮望眼，清風解帶入春服。倚欄指點長橋外，更有華燈照遠途。

枇杷山爲重慶市區最高處。

【歡聚江樓】

一九七七年三月二十七日

笑遣春風陳美酒，華筵竟在綠雲中。臨江揮箸心尤遠，
對嶺傾杯興更濃。應向八仙誇海量，須驚四座飲長鯨。
都城他日重相握，再入醉鄉爭霸雄。

【即席謝主人】

一九七七年三月二十九日

連日山城作醉翁，友人不斷賜春風。肴精酒洌情如熾，
拚效八仙上碧空。

【別渝舟中寄山城諸友人】

一九七七年三月三十一日

新結友好又離分，一似辭鄉別故人。何日都門迎蜀客，
幾時琴舍奉清樽。江濤昨夜拍長岸，峽霧明朝接曉雲。
我願南泉連北海，東風歲歲共遊春。

南泉爲重慶風景之盛處。

【別蜀】

一九七七年四月一日

揮手約來日，凌波去蜀城。難忘西嶺峻，愁看野花紅。
山遠勢尤壯，江深浪愈平。春風亦惜別，默然滿寰中。

【兄祥國參加醫療隊赴安西贈別】

一九七七年五月十四日

東風又送玉門外，日灑山河萬象新。囊有金方除病苦，
心如赤子護群倫。已知天下求賢士，不怕安西無故人。

便是歸途行似箭，揮鞭莫忘酒泉春。

【春日】

一九七七年五月

迎得春風到我家，琴心詩境染光華。清香惹夢渾難解，飛向瑤臺拜異花。

【令箭荷花】

一九七七年五月

芳姿秀骨自婷婷，光照園林送暖晴。一任驚喧嬌不語，冰心静對晚來風。

【陳君離京贈别】

一九七八年七月二十一日

飛來忽又乘風去，古譜冰弦渡遠洋。意屬梅花香異國，心隨流水感鄰邦。宣情理性今尤重，煉智求仁原自強。海外琴人亦濟濟，倩君傳語問安康。

【張充和女士海外歸來京華琴人小集】

一九七八年八月二十七日

琴壇興會迎佳客，漫話滄桑三十年。九轉彈詞聲已杳〔一〕，一枝疏影色猶妍〔二〕。短歌略展時人願，大曲重開上古天。幸有元音傳四海，還從心底憶成連。

〔一〕二十世紀六十年代，數度在查師家聽笛師前來爲查師練唱昆曲《長生殿》之名段《九轉貨郎擔》。〔二〕席間，師母取出當年張充和女士所畫贈之着色梅花一幅展示，於今已三十載矣。

【北美琴人海外歸來謹賦】

一九七九年一月二日

辩

興衰輾轉幾千秋，多少宗師死不休。遺譜生輝照百代，
傳琴煥彩澤三洲。知音莫使成星散，同調應教匯海流。
此日燕山風物好，冰弦重整待輕舟。

澤三洲指亞、歐、美已皆有琴人琴事。

【贈比利時琴人】

一九七九年八月十五日

疏疏秋雨送新凉，論古談時幾抑揚。漫撫七弦嘆日短，
徐揮三弄喜情長。關山萬里今無阻，感慨千秋竟未央。
意重琴人來異國，緣慳查老赴上蒼。衷心或可通仙界，
流水高山總斷腸。

【贈劍橋大學格爾教授】

一九八〇年六月四日

何幸忽逢劍橋使，冰弦揮罷又長吟。廣陵振振勞君顧，
流水洋洋寄我心。萬里關山情可越，千秋歲月跡能尋。
香山莫嘆知音少，格爾先生欲撫琴。

格爾，英劍橋大學教授、音樂系主任、作曲大家、古典風格與現代風格作曲及理論權威。在中央音樂學院講學畢，由院方安排我爲之講示古琴音樂，格爾教授大爲音樂所動，甚而説：「我都想學古琴了！」而唐白居易曾有詩思感古琴知音太少。

【與日中友協詩吟代表團交流演出有感】

一九八三年四月四日

東瀛多少詩吟客，遼遠低迴溶古今。歌管悠揚宣雅志，
綺羅飄逸解元音。長安江户依然在，李白晁衡不可尋。
惜別扶桑二十載，懷思夜夜對瑶琴。

江户即今之東京。晁衡本名阿倍仲麻吕，日本遣唐使，與李白爲友。

【蘭舟】

一九八三年十一月

桃源尋更遠，幾欲失蘭舟。秋葉隨風老，寒枝帶雨愁。

幽香飄不定，清夢渺難留。長嘆之何處，天臺應可求。

【春意】

一九八三年十二月

柳色如煙春似酒，欣浮碧浪放蘭舟。仙山應在琴心裏，

子欲登臨自可求。

【琴生李燕生君以琴曲名治印數十方屬題】

一九八四年九月六日

其一

離騷痛塞楚天低，千古英雄淚眼迷。今有知音金石客，

衡冠憑案濺朱泥。

李燕生，金石書法家，曾在故宫博物院任職。從余學琴約二年，能多曲，復能中國竹笛及小提琴，亦頗難得。二十世紀八十年代起旅居東京，更有大成。

其二

瀟湘雲水意茫茫，國耻拳惓郁恨長。燕客追懷郭沔事，揮刀斫玉氣如狂。

一九八四年十二月十四日

【赴香港琴人雅集】

南天琴苑色繽紛，宋韻唐音一日聞。最是高風動遠客，心隨鷗鷺上青雲。

一九八四年十二月十四日

【見香港常有店鋪空空然感賦】

麗室華燈作守株，人間到處有愚夫，傷今慨古尋常事，我自琴徒復酒徒。

【唐健垣君宅撫饒宗頤公萬壑松琴幸得公及陳蕾士梁沛錦唐健垣先生謬贊】

一九八四年十二月

偶得一揮萬壑松，嵇公屈子此相逢。七弦漫述千秋事，贏得諸公幾動容。

【題海濤琴】

一九八四年十二月三十日

連天湧皓月，拍岸問蒼松。造化多神異，伯牙自動容。

【自嘲】

一九八五年三月十七日

自知還自問，何必論賢愚。畫癖兼詩癖，琴徒復酒徒。
狂來日月小，閑去鬼神無。今古雜文野，儼然上大夫。

【題幽澗泉琴】

一九八五年三月二十日

幽澗隱流泉，清心飄欲仙。渾然歸太古，朝暮在七弦。

【賀吉林省民族樂團成立】

一九八五年四月三十日

春城大地聚精英，百煉千錘今古情。華夏高風播四海，
朔方一炬照天明。

【游威尼斯】

一九八五年六月

人間竟有威尼斯，遊艇如梭樂不疲。萬國來朝享樂地，

狂歌豪飲却無詩。

參加中央音樂學院民族樂團赴歐演出，經意大利、德國、瑞士，僅得詩四首。

【雨中過阿爾卑斯山】

一九八五年六月

鐵鑄銀鑲飾，奇峰俯仰間。重巒相競翠，殘雪自安閑。
寒氣拂香蕊，流波映碧天。飛車來復去，按節聽遊仙。

【抵柏林有感】

一九八五年六月

華燈初上到柏林，冷雨隔窗望不真。割據輕分水火地，
鄰居難聚悲歡人。德皇舊殿光華老，大戰殘樓感慨深。
莫嘆蒼生醒復醉，倚欄垂袖數星辰。

【日内瓦漫興】

一九八五年七月初

西行萬里有桃園，人在清明山水間。芳草千姿迎遠客，
噴泉百丈悦雲鬟。從來戰火燒不到，老去春光招易還。
莫怪天鵝對我舞，琴人今日是陶潛。

【贈弟子郭曉峰君】

一九八五年八月二十七日

驚嘆少年善講佛，琴人相對感慨多。癡心常爲紅塵苦，
逸氣總因歧路歌。日日揮弦持膽勇，年年潑墨費吟哦。
六如居士或能悟，縱筆依山畫大河。

郭曉峰，香港中學生，已學琵琶數年，一九八四年訪港時得識，一九八五年復見，其言語中時有佛家説。

【琴弟子劉玉歸港索詩謹賦五律】

一九八五年十一月十二日

飛來南國玉，抱去仲尼琴。手弄陽關曲，胸懷太古音。
長洲明月小，香島緑雲深。莫道冰弦遠，悠悠在我心。

【賀武漢伯牙琴社成立】

一九八六年一月二十三日

依江結社蹤伯牙，借得琴臺匯百家。振振元音溶胸臆，
巍巍大曲播天涯。冰弦不再傷心斷，古器還應漫興誇。
啓后承前今日盛，漢陽風暖正煙花。

【賀王任先生壽】

一九八六年四月四日

吉人享百歲，君正日中天。勁竹銘高士，幽蘭寫聖賢。
墨痕多逸品，書道有宏篇。徐渭齊璜后，期公匯大川。

【自壽】

一九八六年四月六日

春秋增感慨，醉眼對雲天。墨潑乾坤外，詩吟日月前。
談琴如悟道，論世若參禪。有幸知音賞，清風夜不眠。

【偶臨哈爾濱紅樓夢藝術節遣興】

一九八六年六月十二日

難覓紅樓夢，空懷黛玉琴。七弦催冷月，百世餘哀音。
才怨春光淺，忽悲秋氣深。松花江水遠，漫解曹公心。

【南國沈麗小姐有慧眼指吾友田青心膽差距戲成一律】

一九八六年六月十三日

田青少得志，披髮多狂吟。擁書居默默，千世行駸駸。
好夢隨時忘，癡情到處尋。登山雲渺渺，觀海水深深。

迎面逢慧女，當胸劃玉簪。芳姿鎮紈絝，嬌語破私陰。
既無薛蟠膽，空有薛蟠心。

【偶成贈沈麗小姐】

一九八六年六月十四日

飄然降北國，氣烈目青青。長論風雲止，清談主客驚。
史家愁正史，名士患高名。渡海皆無計，君舟一葉輕。

【聽牟杰唱《恰似你的溫柔》】

一九八六年六月十四日

一曲長歌無限春，平生難得幾沾巾。群星自有真才女，
能教寰球草木新。

【聽岳美緹唱《寶玉祭晴雯》】

一九八六年六月十八日

神遊

三十年前悼玉淚，聆君一曲始潸然。茫茫魂魄生癡想，青埂神峰去不還。

【偶識王芳女史苦成四句以應雅命】

一九八六年六月十九日

海市原難解，王芳不可知。爲求博一笑，詩癖苦吟詩。

【張子謙前輩音樂生涯七十五年慶祝會謹賀】

一九八六年六月二十日

胸懷如大海，德藝若陽春。驚世龍翔後，梅花感萬民。

先生所奏之《龍翔操》、《梅花三弄》，風格甚爲獨特，令人驚嘆。

【鎮江夢溪琴社成立賦贈】

一九八六年六月二十六日

結社群賢聚，悠悠懷夢溪。琴風存古意，學術發新題。

鐘期將易得，沈括或能齊。欲問絲桐事，鎮江芳草萋。

【郭曉峰君來京學琴爲贈】

一九八六年七月

南國有少年，負笈來萬里。胸懷菩提樹，英氣發不已。

廢寢問宫商，昏曉撫緑綺。燈下聽廣陵，窗前説桐梓。

鷗鷺忘機時，瀟湘水雲止。世上多俊才，恨少子期耳。

天地雖不寬，亦難求知己。幸存太古音，相對忘彼此。

【巴黎秋季藝術節獨奏會後】

一九八六年十月二十一日

久嘆巴黎隔萬里，年年展卷作神遊。抱琴今日成嘉客，

揮手高軒湧巨流。碧眼知音忽數百，銷魂勝蹟自千秋。

夜航塞納渾如夢，雨果羅丹已可求。

【遥看】

一九八六年十二月十二日

别何輕易見何難，煙雨飄飄曉夢殘。清水一灣深莫測，愁痕數點拭不乾。幽蘭有憾春風冷，玉軫無聲秋露寒。只怕閑雲隔萬里，引商刻羽作遥看。

【長洲琴集歸來】

一九八六年十二月十二日

芳洲煙雨正茫茫，漫撫瑶琴思緒長。偶得悠悠山海趣，貪享漠漠水雲鄉。冰弦玉振心如醉，勁指龍飛氣若狂。萬里歸來疑是夢，沉吟無計釋愁腸。

應香港中樂團之邀合作演出期間，琴弟子數位於香港離島長洲彈琴，與會之後寫此。

【偶感】

一九八七年三月十四日

歸來如夢覺，難忘新加坡。人被詩思苦，心隨琴韻歌。

堪愁隔海遠，有幸知音多。何日生雙翼，飛凌萬頃波。

【北京大都飯店與荷蘭何文建先生晤】

一九八七年四月十七日

大都春夜暖，玉軫冰弦清。一曲勞君顧，頻申今古情。

【心祭】

一九八七年七月二十六日

漸悟人生性本惡，難將天理育良心。唯求我不負天下，

搔首憑他日月沉。

【孫公毓芹惠賜大作《縵余隨筆》呈詩以謝】

一九八七年七月二十九日

常聞東海有成連，欲訪仙人霧滿天。忽得飄然琴劍語，
清心隨手入冰弦。

孫毓芹先生，河北人，臺灣琴家，有盛名。

【葛瀚聰先生見賜大作及名茶謹謝】

一九八七年八月一日

茶思東海水，琴見古賢心。我爲知音遠，冰弦感慨深。

葛瀚聰先生，臺灣中國文化大學教授，二胡、古琴名家。

【謝楊寧廣先生】

一九八七年十二月二十四日於广州

携琴南國遇汪倫，千尺情誼日更深。上古淳風吹又至，
揮毫冬夜感楊君。

楊寧廣先生，香港人士，於中國民族音樂有熱心。

【香港電視臺余文詩女史有學琴之想詩以寄之】

一九八八年一月三十一日

連年兩遇余文詩，都在香江歲盡時。主似梅花解律呂，客如蕉葉沐曦曦。酒狂有幸勞垂顧，歌興隨心依自知。索譜尋琴何切切，絲桐明日伴芳姿。

【贈英籍作曲家何司能先生】

一九八八年十月一日於伦敦

重訪英倫興更豪，隨心揮手弄新潮。何君知我浩茫氣，山海青青日月高。

【悼喻紹澤先生】

一九八八年十二月五日

峨嵋山下寒雲起，萬里琴人悼喻公。淳厚高風播海内，陶然逸氣透蒼穹。一生只爲七弦苦，十指唯求六律功。
與世無争聲愈遠，迎春桃李自葱葱。

【客倫敦偶成】

一九八九年五月四日

誰知秉燭夜游事，朝露人生苦寂寥。可嘆九州地亦小，
堪憐彭祖壽何夭。壯心莫在家鄉老，靈感應隨日月昭。
我有伯牙馬遠手，千秋萬里賦逍遥。

【悼臺北古琴大家孫毓芹先生】

一九九〇年四月十九日

曾爲先生祈壽永，却驚拂袖已登仙。撫琴最是公知我，
揮筆難將葦化船。新譜或能通上界，琴心空望謁成連。
何事天公忽然醉，不賜匆匆一晤緣。

客居倫敦，應邀赴臺訪問講學在即，忽接孫公仙逝信息，詩以悼。

【偶感】

一九九三年十二月二十二日

時忘人生性本惡，難將稚眼識機心。蒼天賜我諸多藝，塵海茫茫幸不沉。

【離英書懷】

一九九四年九月二十九日

悠然久作異邦客，到處朝陽照眼明。故國風情常繫夢，琴書滿載賦歸程。

【步友人贈別】

一九九四年九月二十九日

其一

異鄉異國等閑行，每忘春秋數落英。此去忽如離故土，巧雲芳草依依情。

其二

離愁歸興不相關，已慣征塵常滿衫。却是相知隔萬里，時辰如日日如年。

【贈友人張伊】

一九九四年九月二十九日於伦敦

玉潤冰清展素心，倚琴婉轉唱知音。朝雲春夢詩人筆，難寫江流千尺深。

【和林東海先生七律】

一九九五年三月十八日

知音未必唯鐘期，隨處談琴興不移。東海如今說彼此，

雖然悠然悄然陶然

祥霆往昔嘆崎嶇。揮弦休問行藏事，縱筆何關勝負棋。
俱喚春風暖日月，同偕桃李盡千戹。

林東海，中國社會科學院文學研究所研究員，一九七五年在録音録像組結識。余自英回京後，復得聚奉讀林君詩。

【和林東海先生贈詩】

一九九五年三月十八日

心手深求感鬼神，歌吟風雪盡丹心。諸公諒我書生氣，
推挽洪荒日月新。

【呈吕驥夫子】

一九九五年六月十一日

去國遠遊忽數載，歸來百事感由衷。師尊無憾居仙界，
弟子懷恩修晚成。弦爲知音發異響，龍因伯樂御長風。

琴壇幸得呂夫子，桃李千家四季同。

中國音協主席呂驥（一九〇九—一九九九）長期關切支持吾師查老古琴藝術學術事業，余亦得炙呂公之暖。

【先師阜西公百年誕辰書懷】

一九九五年十月二十日

天降哲人忽百年，沉思奮力振琴壇。深恩於我如甘雨，

慈影在心若泰山。筆底宏篇傳愈遠，弦中孤詣忘尤難。

絲桐南北齊懷日，玉韻泠泠撒滿天。

【今虞琴社六十年慶謹呈】

一九九六年九月二日

俊骨丹心集衆賢，金聲玉振動虞山。瀟湘雲水堪明志，

答問漁樵足忘言。三代琴人欣此日，九州同調慨當年。

元音自有回春力，不慮伯牙再絶弦。

當年阜西師有查瀟湘之名，景略師有吴漁樵之名。

【鎮江夢溪琴社十周年慶謹奉】

一九九六年十月十二日

千秋文采風流地，一代嘔心瀝血琴。舉世知音皆矚目，精勤自有萬年春。

【試改二月河先生所作小説《乾隆皇帝》第十三回曹雪芹詩】

一九九六年十月十四日

低徊雲鬢佩明璫，歌管樓臺奏清商。忽降驚鴻悵子建，空懷秃筆愧洛陽。愚情難忘潯陽曲，頑性輕抛名利場。白氏詩魂堪仰止，蠻腰素口竟平常。

魏曹植字子建，以《洛神賦》傳誦千古。晋左思之《三都賦》曾被争相傳抄於洛陽。

【爲代茹君題琴】

一九九六年十二月八日

幽窗凌物外，蘭竹自長春。雙手揮聲韻，七弦溶古今。
心閑近朗月，氣静遠賢人。莫道知音少，山高復海深。

【悼琴家謝孝蘋先生】

一九九八年五月一日

傲骨丹心證夙緣，悄然化去慟群山。休揮長淚悲國士，
已謁前賢在九天。

【吕驥主席九十大壽恭呈】

一九九九年四月二十八日

賢者高風暖樂壇，更將甘雨潤七弦。已從長路入佳境，
恰是春光灑滿園。宏論經天傳海外，哲思映日照琴前。

應偕彭祖享同壽，聆取英才萬手彈。

【代茹君囑爲新得曾成偉琴命名題詩】

一九九九年六月十四日

良材大將見神功，西蜀雷威今日逢。何止九德難釋手，琴師投劍吐長虹。

曾成偉，四川音樂學院古琴副教授兼斫琴大家。

【香港回歸兩周年有感】

一九九九年六月二十三日

睡獅常被虎狼欺，一振雄風盡披靡。喜得香江昇麗日，三山五嶽著華衣。

【客舊金山寄黄兄】

一九九九年七月二十日

奇思常憾少知音，忽遇南天福裕君。雲水瀟湘匯碧海，
抑揚欸乃入金門。有約萬里遊仙境，莫笑三春迷稚心。
玉軫清詞映五彩，寄與黄兄扶醉吟。

新加坡黄福裕先生，商海奇人，能琴，喜彈《瀟湘水雲》。

【謝其潁尹兄】

一九九九年七月二十八日

絲桐隨我越滄海，萬里加州遇故知。舊著賴君存完璧，
人生如夢復如詩。

尹其潁，中央民族樂團古箏演奏名家，長余數歲，定居舊金山。舊著一九七二年所印
《獨弦琴演奏法》。

【客舊金山寄周鐸勉大使】

一九九九年七月二十八日

瑞士有英才，漢名周鐸勉。能操五國文，四季享春暖。
學書復彈琴，意趣趨高遠。行楷近從容，崎嶇若通坦。
梅花而酒狂，節疾心平緩。陽關憶故人，曲淡深情滿。
訪我至倫敦，彼此雙眉展。再邀過東京，金徽光閃閃。
家筵在巴黎，精品食不厭。先後還燕都，古調尤璀璨。
偶來客異邦，臨窗忽遥念。浮雲與飄萍，無由成聚散。
世界日益狹，洋岸如江岸。萬里朝夕間，何需興慨嘆。
仲秋踏歸程，拂弦又可見。

瑞士駐華大使周鐸勉先生，自一九八六年從余學琴，其時任駐華公使。一九八八年任駐法公使。余訪英間，周先生於一九九〇年赴倫敦相訪。一九九二年余訪新西蘭，返程經東京，周先生時任駐日公使，爲余安排講座一次，與日本音樂家各負擔半場節目演出一次。邀居其官邸主卧室，而自移住其書房，有中國尊師古風。周先生後調任駐法公使。

一九九三年余訪法，又得赴周公使巴黎住宅之家筵。後周公再赴北京任駐華大使，余又於一九九四年十月回京，周大使更與其夫人爲余組織古琴藝術講座、演奏。其中余以簫與周大使合奏《陽關三疊》，前后十三年之久矣。《梅花三弄》、《酒狂》、《陽關三疊》、《憶故人》皆古琴名曲，周大使所能者。

【客舊金山寄王團長正平先生】

一九九九年八月四日

晨曦醒清夢，倚枕憶不群。聞名數載后，初識在英倫。
鴻志青雲裏，精思著宏文。重逢居臺北，傳薪正如春。
禪學溶聖訓，穆穆復循循。三遇當秋半，待余爲上賓。
時掌北市國，妙想匯八音。運籌至深遠，善任更知人。
揮棒虹霓起，天地色繽紛。弦管忽洶湧，萬馬與千軍。
大將功日盛，戰陣有親臨。雙手舞鸞鳳，四弦感鬼神。

摯情邀合作，廣陵攝心魂。絲桐歷百代，綿延常出新。
祖德賜福我，師友多施恩。書生無所報，謹奉勤勉心。
王正平先生，臺灣琵琶大家，兼作曲家、指揮家，旅英獲博士學位。任臺北市立國樂團長期間邀余赴臺合作演出古琴與民族樂隊之《廣陵散》，令人難忘。

【贈舊金山漢聲樂團】

一九九九年八月三十日

泛美繁花有漢聲，精奇弦管播春風。黃紅黑白人雖異，
南北東西心漸同。友好長河日麗麗，和平大地草青青。
汪君雅志從容展，一似高天萬里鵬。
汪君名洪，漢聲中樂團創辦人。

【忽憶查師豪句步韻】

一九九九年十月二十四日

劍氣琴魂酒客腸，有時清致有時狂。如癡書畫如癲句，靜對千秋名利場。

查師少年時原作：「劍膽琴魂酒肚腸，亦能清致亦能狂。西風留得斷腸句，空對山河哭一場。」

【偶成】

二〇〇〇年六月二十八日

一滴晶瑩胭脂露，潛心化作夜明珠。詩思琴韻渾如夢，空有人間萬卷書。

【七月之風】

二〇〇〇年八月五日

炎炎七月降春風，拂動冰弦天地清。玉韻泠泠依永夜，詩思苦苦問流星。新荷解我心中惑，狂士分誰世外情。

自信生平五彩筆，能隨凝手染蒼穹。

【今古思悠悠音樂會後有感】

二〇〇〇年八月十八日

此日方知道不孤，掌聲潮湧慰琴徒。千人坐立如林靜，雙手抑揚近坦途。限句命題無古例，長吟急韻動群儒。歸來忽得殷勤勸，切莫揮弦懶著書。

「今古思悠悠——李祥霆古琴音樂會」在北京音樂廳舉行，滿座，且有甚多站者。

【精誠】

二〇〇〇年十月二十日

精誠所至金石開，千古恒心鑄大材。漫漫人生七彩路，年年都有春風來。

【咏懷】

清夢

二〇〇〇年十一月二十三日

矢志傾心唯至誠，癡愚屢屢動神明。薰風忽降融冰雪，
麗日徐昇暖臆胸。細柳閑垂撫壯士，青山静卧憩書生。
追尋每忘崎嶇苦，翹首高天躍彩虹。

【勸長兄减酒】

二〇〇一年七月二十二日返京車中

萬里思歸積歲月，鄉情酒海共千尋。何需捨命陪君子，
盡可輸誠奉友人。莫忘高才永不减，應驅健體更精勤。
休説好漢當年勇，長者親真自在心。

【呈第四届全國古琴打譜會】

二〇〇一年八月十九日

求索先賢真意境，九州琴士匯虞山。由他異國文明斷，

自有絲桐萬古傳。

會在江蘇常熟市舉行。

【新春寄語】

二〇〇一年十二月三十一日

華夏文明垂宇宙，東風今日見重光。丹心國士遍天下，
談笑回眸數列强。

【客伯靈漢偶成三首（選二）】

二〇〇二年二月

其一　倚枕

倚枕高軒萬木中，此行早慣御長風。初回曉夢思芳草，
卧對幽窗看雪松。詩酒一身情不減，家鄉萬里氣猶同。
從今難忘柏靈漢，更有冰弦留玉聲。

與美國音樂家即興重奏録唱片《和平之道》，住長笛演奏家、唱片公司主人丁·伊文森宅。園中雅室，四望樹木葱鬱，如在山野，大雪之後尤有奇趣。

其二　守道

忽覺天真常害己，仍甘守道持良心。蒼天總佑與人善，自有春光駐我門。

【偶被入生日舞會戲成】

二〇〇二年二月

琴師忽作少年狂，揮臂騰身自逞强。散手太極皆入險，飛天薩滿盡非常。奇風怪態充俠影，驟起時停效電光。環我嬌娃足更勁，迎人壯士目尤張。如癲碧眼甩金髮，似醉濃眉扭脊梁。震耳鼓聲催愈烈，青春洶湧越八荒。

恰逢丁·伊文森先生音樂家友人生日，應邀參加并被盛情拉入舞會，詩以記之。「薩滿」爲滿族民間祭神時所舞，余在此時試模用之。

【香香公主茶】

二〇〇二年六月二十四日

香香公主賜仙茶，醉倒琴家兼畫家。天上人間生異彩，山川草木被光華。

【古琴藝術列入世界文化遺産名録感賦】

二〇〇三年十一月八日

精思妙韻三千年，曾嘆知音自古難。今日七弦生異彩，融合萬類共欣然。

【聞來訪者之祝賀方悟已執教四十年吟此以誌】

二〇〇三年十一月十二日

芬芳桃李四十年，萬里從容萬卷難。却喜琴心通宇宙，洋洋流水巍巍山。

【賀南粵琴社成立】

二〇〇三年十一月十四日

羊城大地暖如春，南越琴壇氣象新。見智見仁昭日月，古風古韻浸身心。七弦振振播甘露，六律融融敷彩雲。少長今朝襄盛舉，元音拂煦聚群倫。

【劉景韶公誕辰百周年紀念】

二〇〇四年一月

設帳上音追古賢，梅庵神韻久飄然。劉公自有清風在，江海生波正百年。

劉公爲梅庵琴派代表人物。

【中國國際文化交流中心成立二十周年謹奉】

二〇〇四年三月十二日

文采交融萬國風，情懷無限聚精英。高天麗日鵬程遠，碧海丹心造太平。

【常熟市古琴藝術工作室成立誌賀】

二〇〇四年三月二十五日

春光瑞氣滿琴川，古韻高風天地寬。人類如今多慧眼，凌雲越海望虞山。

【琴曲憶故人】

二〇〇四年十月二十六日

明月高松萬籟沉，空庭小徑獨長吟。榮枯寵辱何須論，寂寂空山憶故人。

【琴曲欸乃】

二〇〇四年十月二十六日

欸乃聲聲今古傳，迎風逆水倍辛艱。山光雲影生遐想，
依岸長歌萬里天。

【琴曲秋塞吟】

二〇〇四年十月二十六日

去國隻身求太平，明妃塞上嘆秋聲。長悲深怨憑誰訴，
落日黃沙孤雁鳴。

【有感呈金庸先生】

二〇〇四年十一月二十三日

書劍恩仇天地裂，飛狐外傳鬼神驚。人間竟有縛心客，
少長尊卑一網傾。

【甲申湖州雅集爲趙孟頫誕辰七百五十周年紀念感賦】

二〇〇四年十二月十七日晨

乾坤不老傳書畫，休看人間幾抑揚。霽月高天光愈遠，九霄環佩韻尤長。

【贈九霄環佩琴苑主人作如何君】

二〇〇四年十二月二十五日

何以作爲如此善，自應天地惠君寬。九霄環佩添祥瑞，明日登峰舉世觀。

應邀紀念會上以何作如所藏唐琴九霄環佩奏古琴名曲。

【客舊金山寄九霄環佩主人作如何君】

二〇〇五年一月十九日

寶琴終遇最知音，豪氣空前百萬金。邀得群師揮日夜，飄來清韻落繽紛。何君贊我能雄遠，衆客由他凝魄魂。

青史千秋多逸事，九霄環佩太驚人。

【客舊金山將第四次晤沈公鑑治先生感賦】

二〇〇五年二月八日

沈公精舍滿春風，高士清談欣莫名。今古煩憂無塊壘，
東西將相多鷄蟲。壁間翰墨皆神品，窗外星辰盡玉明。
萬里飛來期再見，相邀漫話酒樓中。

沈公鑑治先生，香港已故琴家蔡德允女史之公子，任香港《信報》總編輯多年，退休後定居美舊金山。余訪美幾次會晤並蒙設家宴招待，感之以詩。

【山東民族管弦樂學會古琴專業委員會成立謹賀】

二〇〇五年六月

齊魯山河沐薰風，琴壇新氣育精英。先賢欲問絲桐事，
瑞滿神州聽鳳鳴。

【世界五大宗教共祈人類和平感賦】

二〇〇五年七月三日

五教同聲消戰魔，神州高頌太平歌。力開萬類新天地，暖露薰風福壽多。

【琴心】

二〇〇五年七月二十三日

悠然開秘譜，逸響出冰弦。皓浄高天月，清幽秀穀蘭。薰風幾萬里，豪氣數千年。未負先賢志，終能四海傳。

【熊雲韻君考入上海音樂學院賦贈】

二〇〇五年七月二十八日

酷暑嚴寒爲砥礪，絲桐紙筆渡波濤。學經上海途尤闊，志在青雲韻自高。應有精誠感日月，需將辛苦作逍遥。

琴壇漸盛求新秀，喜見長沙百尺苗。

【阿里山夜琴】

二〇〇五年八月十四日

陳公邀我訪蘭圃，阿里深山霧正濃。奇異形神發幻夢，斑斕色彩促酩酊。心閑手敏依雲弄，古韻新歌和雨聽。人在逍遥仙境裏，冰弦逸響入長空。

陳焜晋，臺灣南管名家，旅臺訪問演出時，多有往還，又約赴臺中演出，惜今已故去。

【故宫博物院八十年慶】

二〇〇五年九月二日

皇家殿宇展新篇，動蕩風雲八十年。瑞滿神州今日盛，龍光直射九重天。

【賀香港蔡德允老師百歲壽】

晨思

二〇〇五年九月二日

天道酬勤仁者壽，蔡師兼備福尤長。醉漁唱暖瀟湘水，好種蟠桃滿座香。

古琴曲有《瀟湘水雲》、《醉漁唱晚》，爲蔡師所長。

【贈田青教授】

二〇〇六年五月二十八日

田公少得志，今若日中天。文章心獨慧，演講口多蓮。侃侃雲霞外，翩翩山海間。絲桐苦憾事，慨嘆久難安。古調勞君顧，琴徒感萬年。

【慶首次國家文化遺産日太廟琴會】

二〇〇六年六月十一日

太廟琴聲連古今，欣逢天下遍知音。高山流水情無限，盛世心生五彩雲。

【琴曲流水】

二〇〇七年一月十六日

泉溪江海緊相連，婉轉奔騰氣萬千。智者靈心存永世，

高情一展薄雲天。

【琴曲幽蘭】

二〇〇七年一月十六日

空谷寒泉芳草萋，綽約長葉靜披離。至仁至善難容世，

唯向長天問雲霓。

【琴曲梅花三弄】

二〇〇七年一月十六日

溪山夜月映仙姿，冰雪風霜作護持。傲岸高潔懷玉魄，

絲桐三弄啓哲思。

【琴曲秋風詞】

二〇〇七年一月十六日

瑟瑟寒風染草黄，悲癡怨苦倍神傷。何堪痛悔當初識，落葉驚鴉入夢長。

【琴歌古怨】

二〇〇七年一月十六日

一曲弦歌八百年，環球唯此再無前。人生世事需開悟，莫使清樽空寂然。

【琴曲廣陵散】

二〇〇七年一月十六日

暴君一逞淫威令，壯士十年正義琴。狂雨寒風天地覆，吞悲發怒盡昭申。

【琴曲瀟湘水雲】

二〇〇七年一月十六日

熱血翻騰國士心，冰弦一振痛尤深。悲懷壯志琴師苦，
空對河山嘆水雲。

【琴曲平沙落雁】

二〇〇七年一月十七日

氣爽天高萬里程，還鄉去國兩難行。翩然起落平沙遠，
展翅從容過碧空。

【琴曲陽關三疊】

二〇〇七年一月十八日

神州千古唱陽關，痛忍離人去不還。朝雨輕塵化苦酒，

摧心折柳醉蒼天。

【琴曲酒狂】

二〇〇七年一月十八日

酒聖酒仙皆酒狂，遊俠貴胄任張揚。儒生名士今猶在，豪飲淺斟意味長。

【琴曲漁樵問答】

二〇〇七年二月八日

山仁水智卧漁樵，漫問閑應日月高。厚利英名等午夢，鮮魚老酒共逍遥。

【琴曲漁歌】

二〇〇七年二月八日

隨心信口入雲霄，一棹輕分萬里濤。變幻人間風雨後，長虹麗日醉花朝。

【琴曲胡笳十八拍】

二〇〇七年二月八日

問地呼天怨亂離，癡兒故國兩依依。笳聲泣血弦將斷，痛近魂銷生死期。

【琴曲長門怨】

二〇〇七年二月九日

一入長門百事哀，高墻孤影月徘徊。阿嬌空有顔如玉，淚灑西風買賦來。

【琴曲普庵咒】

二〇〇七年二月九日

玉振金聲頌普庵，和平祥瑞佈人間。禪心佛理感元化，萬朵蓮花降座前。

【琴曲關山月】

二〇〇七年二月九日

戍客思鄉志不移，雄關明月展旌旗。昂首低眉家萬里，金盔鐵甲玉門西。

【琴曲醉漁唱晚】

二〇〇七年二月九日

魚香酒洌晚風清，醉倚船篷對月明。顧影謳訝腔韻老，江波岸柳共傾聽。

【琴曲洞庭秋思】

二〇〇七年二月十日

落日無言灑洞庭，烏雲白浪嘆西風。紛紛黃葉飄如雨，

閑

掩卷依琴問此生。

【琴曲陽春】

二〇〇七年二月十日

日麗風和大地新，花香竹韻入瑤琴。青襟翠袖酩酊舞，莫問今人與古人。

【琴曲離騷】

二〇〇七年二月十一日

百慮民生苦索求，孤高獨醒國難留。懷沙魂繫千秋淚，商羽鏗鏘泣九州。

【琴曲鷗鷺忘機】

二〇〇七年二月十一日

微風細浪浮鷗鷺，萬里長天任自由。且忘人間多欲念，輕張靈翅作雲儔。

【琴曲梧葉舞秋風】

二〇〇七年二月十一日

高天重九賜金風，映日梧桐落葉輕。閑作無心漫涣舞，

飄飄翻轉伴琴生。

【琴曲高山】

二〇〇七年二月十一日

黄鐘大吕會人神，肅穆安祥仁者心。高遠幽深思太古，

清新俊逸動琴魂。

【琴曲墨子悲絲】

二〇〇七年二月十一日

惜人性本如絲素，亂染無端百色雜，聖者悲懷深似海，

吞雲湧月到天涯。

【琴曲良宵引】

二〇〇七年二月十一日

蕭疏竹影上幽窗，風動芙蓉兩鬢香。月滿空庭涼似水，心如羽化入仙鄉。

【琴曲獲麟操】

二〇〇七年二月十五日

哀而不傷感獲麟，仁心無奈對乾坤。非時瑞物驚塵世，聖者虛懷痛至深。

【琴歌蘇武思君】

二〇〇七年二月十五日

勁節堅貞高入雲，摧身忍辱報國恩。尊卑一樣懷蘇武，譜入弦歌萬古吟。

【贈何君】

二〇〇七年二月二十五日

其一

睿智翩然客，豪情何作如。飛天當漫步，履困變通途。
鄭重思真僞，悠閑辨雅俗。聽琴得曠逸，會友論詩書。
莫謂儒風遠，無妨扣彼廬。

其二

面似將軍杜，又如學者楊。九霄環佩主，文化紙張王。
摯友輪番聚，古茶徹夜香。輕携無價寶，共我馳八方。

何作如先生相貌甚似杜聿明將軍，又似楊振寧博士，皆國士也。所辦文化紙張企業規模甚大，所藏陳年普洱茶極富。常以五十年、八十年以至上百年之茶與各地友人共享，且有精奇沖泡之法，皆爲他人所不及者。

【贈蘇君】

二〇〇七年二月二十五日

雄姿羅漢像，穩健蘇榮新。茶道執著者，商家隨意人。
美食書畫富，良友師生真。普洱唐琴會，華堂四季春。

【贈楊君】

二〇〇七年二月二十五日

福相陶然氣，從容楊亮鈞。逍遥商海趣，濃郁茶山心。
信手傾名酒，凝神品寶琴。春光常滿座，含笑看紅塵。

【贈林君】

二〇〇七年二月二十五日

道骨仙風士，平和林振强。珍饈陳玉殿，貴客滿高堂。

大志胸懷遠，宏途歲月祥。唐琴聽欲醉，麗日照長江。

【贈蘇昆名媛沈豐英女史】

二〇〇七年五月一日

玉魄仙姿杜麗娘，群生那得不癲狂。燕園白日多癡夢，粵海嬌音總繞樑。學子風行唤姐姐，詩人雁落顧茫茫。翩然倩影飄飄下，軟袖輕拂萬里香。

白先勇先生所製青春版《牡丹亭》在海内外演出盛況空前，在北京大學尤爲轟動，甚至一時有男生呼女生爲姐姐之風，令人稱奇，復爲之感動。

【携唐至德丙申九霄環佩晤吴君】

二〇〇七年五月二十三日

成都赴盛會，又見吴洪濤。秀骨婷婷立，暗香静静飄。靈心入畫筆，寶器奉離騷。共賞唐音妙，悠然夢九霄。

【悼蔡德允師】

二〇〇七年六月十三日

連日香江風雨驟，蔡師仙去慟天人。琴壇德重最高壽，雅韻慈雲染我心。

【贈孫觀先生】

二〇〇七年六月二十四日

孫公壽而健，嬉樂似頑童。南國神仙地，中山自在城。朝朝享所好，事事展其能。摯友忘年聚，輕身隨意行。美食精更妙，醇酒妙尤精。春色八千里，清波映彩虹。

【贈潘君】

二〇〇七年六月二十四日

偉岸謙和潘大宗，達人更有大心胸。名家書畫騰奇趣，王者琴茶展古風。滿櫃精雕生異彩，一堂寶器見神工。
雲閑雨潤群賢至，廣厦冰弦着意鳴。

【贈琴弟子劉夏秋】

二〇〇七年七月三日

秀若玲瓏玉，清如婉轉泉。横琴品古調，移指弄冰弦。
蘭氣夏秋盛，薫風日月閑。迢迢萬里路，優雅似神仙。

【琴簫合奏贈陳悦女史】

二〇〇七年七月五日

琴簫初會識陳悦，疑是太虚幻境人。秀慧應超賈寶玉，
形神宛若史湘雲。梅花惹夢成三弄，古軫傳音抵萬金。
再度同臺已數載，九霄環佩潤詩魂。

陳悦，笛、簫演奏家，任教中國音樂學院。

【贈琴弟子晨曦】

二〇〇七年七月六日

晨曦冉起雲之南，桃李芬芳常滿園。雅樂修身增睿智，
凝神勵志奉琴壇。滇池淥水連天下，上古高風入座前。
倚善尋真求至美，黄鐘大吕告先賢。

【贈琴弟子劉夏秋】

二〇〇七年八月一日

神品天成劉夏秋，鳴琴鼓瑟展明眸。清心秀骨流嫻雅，
大志豪情無止休。泰嶽雄奇需盡納，黄河宏遠可全收。
精誠至善合天地，駕海騰雲任自由。

【贈白水清會長】

二〇〇七年八月二十三日

端居普洱會，世界享高名。遍野紅桃艷，漫江白水清。
從容成大事，行止在巔峰。敬業年年勝，運籌每每赢。
壯心生智慧，四海乘長風。

【贈王心】

二〇〇七年八月二十三日

萬里春風潤紙筆，百年普洱添奇人。童軀佛面仙家氣，
仗劍揮毫王者心。率性騰雲天地小，清談徹夜友誼真。
前程步步陶然趣，散淡精誠皆不群。

【贈辛强先生】

二〇〇七年九月三日

辛者彌强尤睿智，吞雲飲露勝王侯。薰風南海隨君興，
瑞雪燕山任自由。芳林恍若神仙地，宏宇當如玉帝樓。

莫謂斯人靜似月，奇思時湧大江流。

【題上海大可堂】

二〇〇七年十月一日

典雅清幽大可堂，盈匣萬卷泛奇香。天下文人閑適地，雲端勝者陶然鄉。常懷普洱百年趣，時鑑名琴千載光。滬上高朋匯四海，偕來日月共徜徉。

【贈琴弟子王瓏】

二〇〇七年十一月二十日

萬里飛行經滬上，琴途闊遠示王瓏。安嫻早具高才氣，秀逸尤需勇者風。七彩人生辨主次，大千世界煉精誠。多思更輔勤學力，碧海青天日月明。

【巴黎夜宴】

但見

二〇〇七年十一月二十五日

國盛文昌萬里行，巴黎夜宴聚精英。諸公宏論星辰動，琴士丹心今古通。滿座知音皆在位，千年雅樂喜乘風。金聲玉振諧天地，明日春光世界同。

巴黎上海周，余用唐至德丙申九霄環佩奏《流水》，反響甚烈。音樂會後，上海楊副市長設宴，洪、周、朱三局長及市府發言人在座，邀余及張君、馬曉暉、李懷秀等同席，列公敬酒致辭甚殷，令人感極，詩以記之。

【琴弟子李娟移民法國垂二十年未見昨忽遇其姐丈驚聞已於去歲病故痛惜莫名吟成一律以記之】

二〇〇七年十一月二十六日巴黎

錯愕傷心嘆李娟，鳴琴不繼二十年。清才秀氣流文采，聰慧幽芳韞玉寒。已是巴黎自在者，竟成冷月輕飛仙。

吟成無淚如長淚，窗外愁雲萬里天。

【偶感】

二〇〇八年一月十日

淺涉糊塗漫覺中，凍雪驕陽亦春風。我不負人求至道，年年處處得從容。

清鄭板橋「難得糊塗」名句令人深省。

【贈何君作如】

二〇〇八年二月十二日

陰晴冷暖五千年，又得薰風萬里天。映日何如文化盛，凌霄環佩妙音連。隨心普洱成新道，率性青雲似散仙。舉重若輕驚異國，春花秋月共陶然。

何君品享鑒賞收藏大家之名聲播四海。

【觀央視百家講壇贈馬未都先生】

二〇〇八年二月十七日

不覺芳茗擎已冷，銀屏揮灑是何人。旁徵博引高才口，
深入淺出智者心。寶案奇瓶真僞現，虛懷快語珠璣陳。
萬種迷茫歸一悟，馬家宏論妙而新。

【舉國抗震救灾感奉】

二〇〇八年六月十二日

多難興邦從不疑，神州今日見雄奇。真情似海千重暖，
國力如山萬衆趨。上下同懷人最寶，軍民携手志難移。
家園再造新風貌，童叟安然歲有餘。

【題杭州琴香堂聯】

二〇〇八年夏

琴聲入九霄潤雨薰風和萬類，香氣彌三界慈悲仁愛合群倫。

友人劉曉喻囑作聯，且要嵌琴、香、和、合四字。初甚爲難，却十五分鐘後吟成此聯。

【題贈清吟琴館主人張依冉君】

二〇〇八年七月二十六日

焦桐玉軫日弦歌，古調奇詩韻自多。聲入行雲飄萬里，芳林碧草共吟哦。

【題大可堂北館】

二〇〇八年十月一日

琴興茶情集衆賢，蔣公伉儷舊行轅。風雲已去若千載，雨露時來將萬年。大可悠然享日月，亦需率性作神仙。濃蔭瑞雪皆如畫，心又清清夢又甜。

上海大可堂主人張奇明將在蔣介石北京行轅舊址設大可堂北館，贈詩以賀。

【牛牛獨奏音樂會有感】

二〇〇八年十二月二十三日

驚世英才少年郎，金聲貫耳耀奇光。如風勁指精心舞，似玉童顔煉志强。四海知音傾注目，一身靈氣沐朝陽。勤學已有新天地，更展新途萬里長。

厦門鋼琴神童牛牛年方十二，於國家大劇院之個人獨奏音樂會精彩之至，聽者盡爲所深動，詩以贈之。

【憶蘇州之晤寄馬林先生】

二〇〇八年十二月二十六日

閑情豪興正秋爽，歌管高樓夜未央。妙語奇思忘彼此，養生修性覺深長。吴天俠骨錚錚客，燕地琴心蕩蕩郎。

曠逸何需更傲世，與君四季醉春光。

【賀邢公花甲之壽】

二〇〇九年三月

彭祖奇説傾耳順，太公長綫寄心閑。

【與人閑談戲成一聯】

二〇〇九年四月三日

濃茶烈酒大肥肉，馮鞏牛群趙本山。

【携何君九霄環佩彈白公新版玉簪記赴臺灣之行偶感】

二〇〇九年五月十六日

今世琴人我至幸，時賢古聖佈祥雲。千年寶器應心手，

萬種奇思育魄魂。已是枝枝潤暖雨，猶需朵朵沐朝暾。

乘風四海任來去，玉軫銀毫處處春。

【杭州如廬觀奇香幻影贈盧偉業祝辰洲二君】

二〇〇九年七月十九日

陶然文采風流地，細雨濃蔭深處尋。奇香幻影盧員外，魔鏡靈心祝仙人。滿目清波堪洗夢，參天玉樹自絕塵。書生逸士來千里，冶性移情忘古今。

【記第三届品牌中國節】

二〇〇九年八月二十五日

青青仙島匯群英，偉業哲思天地明。宏論傾談騁睿智，民生國事繫心旌。中華此刻添佳話，大獎今宵播令名。揮手騰雲各萬里，九州四海滿豪情。

節在青島舉行。

【贈弟子邢雅萍生日】

二〇〇九年九月二十九日

萬里無憂邢雅萍，輕披麗日沐金風。精思妙想成新業，
玉筆瑶琴任意行。已占江南花月好，究學又自立都城。

【贈弟子張卓】

二〇〇九年十月十日

琴川靈秀女，率意居燕京。碩士將如願，新途放眼明。
弦歌存古趣，妙指展奇聲。博廣方深厚，能勤業自精。

【箏韻】

二〇〇九年十月十五日

漁舟唱晚蕉窗雨，錦上花添出水蓮。夜静鑾鈴傳域外，
漢宫秋月灑階前。風擺翠竹書生醉，鶯囀黄鸝玉女閑。
雁柱朱弦揮素手，九天妙韻落人間。

【許克巍先生索字成詩一首爲贈以應雅命】

二〇〇九年十一月三日

秋月春花十九度，重逢君自海東來。同欣國樂融今古，更待瑶琴展素懷。四季八方大地暖，三江五嶽薰風迴。神州日日添祥瑞，萬紫千紅相競開。

許先生，臺北市立國樂團任行政職，初識於一九九〇年。

【樸東升會長音樂藝術六十年謹奉】

二〇〇九年十二月十二日

辛勤瀟灑六十年，國樂新花已滿園。大智樸公揮妙手，精誠長者育良田。名播盛世謙虚叟，慈在深心快樂仙。麗日征程再萬里，環球藝海起高帆。

樸東升，著名指揮家、作曲家，中國民族管弦樂學會會長。

【贈白公先勇先生】

二〇〇九年十二月十七日

青春麗夢起白公，悲喜人間萬古情。雲雨偷傾滄海水，

玉簪癡映牡丹亭。九霄環佩添唐韻，百轉柔腸唱國風。

莫問東西南北路，知音遍地任君行。

白先勇先生之青春版昆曲《牡丹亭》及新版《玉簪記》被美稱爲兩部「青春夢」。余用何作如先生所藏之寶琴九霄環佩爲《玉簪記》配樂，與此劇之春秋時國風之質，相映成趣，甚有所感。

【巧雲】

二〇一〇年三月二十二日正阴历之二月

月序二八出巧雲，愚癡智慧俱精神。長天萬里高無限，

舒捲隨心自不群。

【題東海潘司令琴東海潮】

二〇一〇年四月二十九日

因風壯膽勇，映日合天人。逸氣融今古，悠然展慧心。

唐琴家薛易簡待詔有言曰：琴之善者「可以壯膽勇」。

【四月蘇州夜游得見馬林展虎威詩以記之】

二〇一〇年五月五日夏至日

中樞猛士酒微醺，寶駕閑驅付麗人。誤入工程鋼鐵柵，輕開狹路若天神。雙臂略伸移巨掌，一排退覆卧埃塵。市民瞠目驚呼讚，緩步登車小側身。

友人馬林曾任鄧公貼身警衛。余與之共赴蘇州友人晚宴後，雖微感酒力，亦不可復御其名車。友人公司副總麗人也，駕。余亦同乘赴别館茶叙。途經道路施工處，路口雖狹，却無車輛繞行示牌。徐徐駛進五十米許，忽遇左側水泥路燈電綫杆，路突更窄，馬君下車

隱

引導試探前行。又約五十米，於右側仍連豎防護鋼板，左側忽增設高一米許鋼鐵柵欄，每個長三米左右，路更狹，車不能前亦不可退。馬君下車，略伸雙臂，逐個提起後撤，置之路邊。又進五十米許，馬君心有不快，遂將再提之柵欄擲之於地。路邊行人皆駐足瞠目驚呼，並雜有叫好者。再行五十米許方至通途，馬君從容近其寶駕，拉車門，偉岸之身微側，輕盈登座，真雄奇趣事也。

【贈弟子王菲】

二〇一〇年六月二十八日

靈心巧手展霞光，妙筆冰弦渡遠洋。問道多重涉百代，
知音無數匯八方。思牽故國增文采，人在加州向萬邦。
流水高山春不老，大千世界鑄輝煌。

王菲，大學本科中文系畢業，曾任某大報編輯。在以作家、記者身份訪美時獲巴爾第摩榮譽市民稱號，移居美國後又獲電腦多媒體碩士學位，創辦北美琴社，多年來在國內外甚

有影響。

【贈牛牛】

二〇一〇年七月二十八日

新松忽已高千尺，麗日祥雲滿壯懷。甘雨薰風常護佑，多恩天地育英才。

【題春曉吟琴】

二〇一〇年九月二日應克禮先生囑

芳草成茵波湧翠，新桃垂露柳含煙。清風不問幽人夢，啼鳥偷依欲醉弦。

【夏威夷大學音樂會演出後留別】

二〇一〇年九月二十九日夜半

鳴琴萬里發新雨，沁脾清涼滿綠園。欸乃酒狂驚智水，梅花古怨接幽蘭。東坡憶故廣陵散，傾耳佳賓世外緣。
燈火高樓陳盛宴，元音撼動檀香山。

【七十自壽】

二〇一〇年十二月二十二日

萬里神州多好運，七十壽者沐暾曦。驅馳自得行尤壯，
揮灑隨心興有餘。鳴琴已動風雲湧，潑墨將因天地奇。
詩酒歌吟邀日月，狂生騷客樂通衢。

【奉邀赴中央電視臺録制民樂狂歡過大年節目賦詩以獻】

二〇一一年一月七日

唯樂不可僞，聞韶嘆善美。幽蘭獲麟操，絲桐終未悔。
兩千五百年，哲思尤宏偉。弦管迎朝陽，歌咏盡陶醉。
環球失太平，神州播祥瑞。千億挽西歐，人心見向背。

盛世入新春，中華萬萬歲。

【旅蜀返京寄成都黄馬二君】

二〇一一年一月二十三日

窄雨寬雲别有天，金徽香墨共陶然。筵饗四海精英客，酒醉千秋山水緣。俊馬文思涉異趣，强黄廣厦憩諸仙。揮弦更寫錦城夢，瑞雪飄飄緑滿園。

「寬雲窄雨」爲黄君文化會所名。馬君乃年輕國畫家。離成都，天降大雪，而所訪省博物館院中緑如茵，綴以瑞玉，奇美之至。

【手足情】

二〇一一年一月三十一日 得兄祥國七言絶句一首，有所改動，續成一律。

手足情懷千萬尋，元音仁術合天人。心融典籍回春力，智匯絲桐國士魂。洲際輕飛揮指客，雲中漫倚懸壺君。

茶仙酒叟如松立，報效蒼生仍不群。

懸壺，醫者。揮指，琴人。兄善酒弟好茶，皆多有國内國際飛行之旅而有「雲中」句。

【寄王文章先生】

二〇一一年二月七日

揮弦縱筆君知我，國際民間重若輕。不羨荆州韓氏義，今風屢振助飛龍。

王君任文化部副部長，主管非物質文化遺産。學文出身，對余詩有讚語。

【寄田青教授】

二〇一一年二月七日

少年得志今尤勝，揮灑從容巨細間。我有七弦并五彩，與君携手染長天。

田青君負責非物質文化遺産主管部門，曾共飛日、法等地。

【大道經天】

二〇一一年二月十七日

善惡古今皆有報，賢愚多忘吃虧福。挾貪供養如行賄，大道經天無處無。

【元宵夜即景】

二〇一一年二月十七日元宵之夜

玉魄清暉客，悠然對我窗。琴心添瑞氣，筆趣蘊温香。遊子家中醉，流光海底翔。烟花十萬里，國泰共民康。

【題北京大觀園樂舞琴館】

二〇一一年五月十八日

樂舞樓臺足大觀，瑶琴妙韻自陶然。金釵十二曹公夢，異彩霞光灑滿天。

【飛龍在天　題二〇一一廈門中國龍人古琴藝術節】

二〇一一年六月十四日

龍行天下復沖天，甘雨薰風普世間。玉軫金徽心欲醉，黄鐘大吕氣如山。長虹萬里諧歌舞，碧海千秋助躍歡。華夏欣然紅日起，騰飛月月更年年。

【偶感】

二〇一一年六月二十八日

狹人爲我添福壽，懷謝銜傷嘆世情。天下何時唯信義，不挾私怨只憑公。

【述志】

二〇一一年八月二十一日灯下

三合源自查吴管，今古百科亦所求。查貌吴神管氣象，宣情理性足千秋。

琴弟子時問我等何派，答之：余以查師之琴爲基礎，以吴師之琴爲主體，兼受管師之琴重大影響，若必言派，或可稱三合派。

【龍吟九章】

二〇一一年十一月三十日

普羅文化傳播公司邀録龍年精品唱片，特爲之擬定諸題並各賦七言絶句一首。且於十二月一日用唐琴至德丙申九霄環佩即興演奏録成。

一　東方欲曉（琴簫重奏）

東方欲曉六合清，五嶽三江共太平。拂面風薰夢已覺，衝天入海等閑行。

二　碧海金鱗

碧海金鱗十萬里，興波捲浪繼千秋。仁心豪氣無窮力，幻化歸真任自由。

三　霞光瑞氣

霞光瑞氣灑人間，華髮垂髫盡燦顔。直上九霄巡天下，赤橙黄緑染河山。

四　飛龍在天

飛龍在天疾如電，閃輾升騰護萬民。巨影神風垂大地，驅魔滌穢自高吟。

五　長虹麗日（琴簫重奏）

長虹麗日映蒼穹，揮霧撥雲惠暖晴。隱顯盤旋凝衆望，焚香祝禱古心同。

六　玉露甘霖

玉露甘霖大地春，鳴琴縱筆謝天恩。廟堂江海塑形影，盛禮赤心奉至真。

七　祥雲五彩（琴簫重奏）

祥雲五彩從天龍，億萬相偕仰碧空。身有炎黃仁愛血，
生生世世今尤濃。

八　福佑神州

福佑神州消險惡，復興聖土更光明。雲龍已有非常道，
經營山海重若輕。

九　翱翔宇宙

翱翔宇宙從容起，電掣風馳永不休。古聖時杰情一脈，
頂天立地共歌謳。

【瑜珈詩】

二〇一二年一月二十日訪美客舍中

佛光佛法佑神州，更有瑜珈匯暖流。輕健陶然爲日課，
仙姿仙壽入仙儔。

【美酒詩】

二〇一二年一月二十日訪美客舍中

紫玉瓊漿舉世珍，幽窗錦被對金樽。安享夜夜如飴夢，
潑墨揮毫力萬鈞。

【對聯一則】

周海宏院長數年前上聯，二〇一二年一月二十二日對得

上海下雨，海上下雨，上上下下雨成海。
滅癡生情，癡滅生情，滅滅生生情更癡。

【訪美歸來飛近國境空中】

二〇一二年一月二十六日

淺睡高天兩萬里，絲桐伴我喜還鄉。華燈異域賀新歲，
更待琴齋任酒狂。

【龍年述懷】

二〇一二年二月一日龍年正月初十

龍年興本命，醇酒助心歌。已醉詩書畫，復貪文史哲。
鳴琴依古訓，縱筆展新説。玉宇流光彩，知音日更多。

後記

本《醉琴齋詩選》取自一九五七年七月三十一日至二〇一二年二月一日（龍年正月初十）之間所作。以赴京投師學琴時尊師命遊頤和園之詩爲首篇，以本命年所作第一首收尾，恰五十五年。今讀之，每首當時情景歷歷在目，甚有意趣。

小學三年級過年時，父親帶着我與家兄寫作春聯，算是開始了作詩的啓蒙之課。此後父親日常談話中，舅父來家作客與父親閒談古今，時有涉及詩詞，在側聽之時又得潛移默化之益。初一時讀到《紅樓夢》前四十回，癡迷於其中五光十色的詩詞、對聯及相關評説情景，又爲家中殘本《千家詩》所吸引，此應是重要的自修階段。初三時暑假中，終於寫出了一首不長的五言詩。此後無數次研讀《紅樓夢》中林黛玉教香菱作詩章節，不停地摸索試寫。至高一時的一九五五年，在旁聽一位父輩的中醫古文課時忽然明白了平仄原來是據讀音的平、上、去、入四聲而分定，從此所作律詩、絶句便能基本成形了。

一九五六年十二月得拜大琴家查阜西先生爲師，又蒙查師鼓勵，説我的詩是「有前途的」，則幾乎每信都抄呈所作，並能獲查師逐首逐句批改。以至一九五七年的《頤和園即興》前兩句「曲徑長廊古樹中，君王舊殿染新紅」查師在介紹拜見國畫老師潘素先生時大爲誇奬。

一九六二年在讀到《琴會諸前輩琴家奉和市委書記鄧拓訪北京古琴研究會》一詩時，我亦有和詩一首，獲查老賜改「弦如獨鶴鳴」爲「弦賡獨鶴鳴」，改「琴人深切情」爲「琴人繾惓情」，方知何謂點石成金之妙。一九七三年、一九八三年，詩詞大家張伯駒先生、北大唐詩研究大家林庚教授也先後賜教，數首詩得改一字而成佳句。至今思之如昨，亦是大幸。

一九五七年暑假在京學琴期間，查師携遊琉璃廠書畫古董店，特購一册袖珍詩韻賜下，自此每詩力守唐人平水韻。於一九八九年三月赴英劍橋大學作古琴即興演奏研究之日起，所作之詩，改用普通話之韻，而其文格律規則仍力守古法。律詩、絶句之格律乃其神形之本，不可輕漫。而唐人平水韻，今人以普通話讀之，時有不諧之困。嚴守唐韻對於北方人，又深以常需翻檢韻書核校爲困。幸有啓功先生諸前輩早已采用今時語音爲韻，方能令我輩心安。

今拙作奉於有興趣於詩，有興趣於琴，有興趣於我諸君之前。倘能不以有誤時光爲意，乃是筆者大幸。如有不吝賜教，先此陳謝！

琴弟子錢思偉、陳冰二君辛勤校勘、録入。琴弟子海洋君大力推動促成出版發行諸端，皆令人深爲感動，在此鄭重致謝！

醉琴齋主人

二〇一二年七月二十一日

圖書在版編目（CIP）數據

醉琴齋詩選 / 李祥霆著.-- 北京 ：中國人民大學出版社，2012.11
ISBN 978-7-300-16627-8

Ⅰ. ①醉… Ⅱ. ①李… Ⅲ. ①詩詞-作品集-中國-當代
Ⅳ. ①I227

中國版本圖書館CIP數據核字（2012）第260461號

總策劃 薛曉源
篆 刻 王玉忠
策劃編輯 楊宗元
責任編輯 曹 磊 吕鵬軍
總設計 海 洋
設計制作 錦繡東方
www.jxdf88.cn

醉琴齋詩選

李祥霆 著
Zuiqinzhai Shixuan

出版發行	中國人民大學出版社		
社 址	北京中關村大街31號	郵政編碼	100080
電 話	010－62511242（總編室）		010－62511398（質管部）
	010－82501766（郵購部）		010－62514148（門市部）
	010－62515195（發行公司）		010－62515275（盗版舉報）
網 址	http://www.crup.com.cn		
	http://www.ttrnet.com（人大教研網）		
經 銷	新華書店		
印 刷	精一印刷（深圳）有限公司		
規 格	185mm×260mm 16開本	版 次	2012年11月第1版
印 張	8.25	印 次	2012年11月第1次印刷
字 數	24 000	定 價	38.00圓